julien torma

EUPHORISMES

EUPHORISMES

DU MEME AUTEUR :

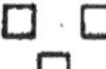

Le Grand Troche, sorite (Elaïa éd.),

Coupures, tragédie en neuf tableaux suivie de
Lauma Lamer (Pérou éd.).

EUPHORISMES

DE

julien torma

> — « J'ai bien le droit de penser, » dit
> sèchement Alice, car elle commençait à
> en avoir par-dessus la tête.
> — « Vous l'avez, » dit la Duchesse,
> « tout autant que les cochons celui de
> voler ; et la m... »
> ALICE AU PAYS DES MERVEILLES.

Fragments et propos recueillis
par Jean Montmort.

PARIS
1926

AVERTISSEMENT

Puisés dans ses cahiers, dans ses notes, dans ce qu'on pourrait appeler son journal, choisis parmi des répliques rapportées par ses amis, ou notés après des conversations, tous ces fragments ont été rassemblés avec l'assentiment de l'auteur, qui les a revus et parfois retouchés. De même, si l'ordre de présentation est dû à nos soins, il a du moins été tacitement approuvé par lui et en quelques endroits modifié selon ses indications.

J. M.

A

RENE CREVEL

CES EUPHORISMES AMPHISCIENS

qui sans la nommer sous-entendent partout

NOTRE AMITIÉ.

□ □
□

ETRE UN CHIEN

L'idée de la mort comme une œillade
La mort de l'idée comme un œillet
Retrouver les amis au coin d'un bois
Frapper sur l'épaule du hasard en l'ap-
      pelant par son nom
Semer des sourires-dragées
Planter des roses dans les encriers
Aller
Comme un orage vu aux rayons X

□ □ □ □ □ □ □ □ □ □ □ □ □ □

Comme on tombe dans les rêves
Comme un chien sans maître
IL EN FAUT PLUS
Pour trouver les objets perdus
Pour perdre les objets trouvés
Pour reconnaître le Monde comme on
reconnaît un enfant.

iL ne faut pas vendre la mèche qui fume encore.

☐   Pourquoi ne point parler LEUR langage, sotte bourrique ? C'est la meilleure blague qu'on puisse faire et la seule vraiment *déplacée*. Le plus grand des « crimes » n'est-il pas le sacrilège ?

☐   Le sacrilège n'est acceptable que comme jeu. S'il n'est pas un peu *raté*, il en arrive à se détruire.

Un sacrilège religieux, par exemple, imite l'extérieur de l'action dévote : sans quoi d'ailleurs le prêtre refuserait la communion ; ainsi ne fait-on le sacrilège que pour soi puisqu'aux yeux des autres n'apparaît que le geste conformiste : il s'agit donc seulement d'emmerder Dieu. Nous n'en sommes tout de même plus là ! Si le pur sacrilège implique la foi dans ce qu'il brave, il n'est pas réellement sacrilège, — et les croyants savent qu'ils ont besoin d'athées du type Sébastien Faure (comme Dieu a besoin du Diable).

Le sacrilège vraiment sacrilège est désinvolte et *ambigu*, — comme la beauté. Et c'est plus drôle.

□   La pensée comporte une part de charlatanisme.

Il n'est pas *naturel* de penser : il faut faire une véritable mise en scène de soi et des choses, sans compter l'artifice inévitable du raisonnement... Sans ces feintes, la pensée n'est que naïveté (enfoncer des portes ouvertes) et au fond sottise : l'intelligence implique la tromperie comme la parole le mensonge.

Il vaut mieux s'avouer franchement cette règle du jeu et faire sciemment ce que tous font sans le soupçonner. Mettre délibérément ce qu'il faut de charlatanerie dans la pensée pour qu'elle en soit une, plutôt que d'en être soi-même dupe. On peut ainsi faire le dosage *à son gré*. Cagliostro était un penseur ; la faiblesse de Nietzsche fut peut-être (?) d'ignorer le Cagliostro qui était en lui.

□   Etrange apprentissage du langage.

Les premiers cris ne sont que des effets mécaniques produits par le fonctionnement du corps. Même les premiers mots ne sont pas encore des *paroles*. L'enfant n'en découvre la réalité autonome que par le mensonge. Alors le mot est utilisé pour lui-même : il devient signification. Jeu ou hasard, peu importe : l'enfant dit « bobo ». Aussitôt (et bien qu'il n'ait ressenti aucune douleur) se produit magiquement le déclanchement de toute la séquelle des cajôleries et consolations sucrées. On conçoit qu'après cette découverte, l'enfant recommence l'expérience pour bien s'assurer de la merveilleuse efficacité du Mot. Et s'il aime tant à mentir (cette joie dans les yeux), c'est qu'il savoure le bonheur de la puissance et de l'intelligence kabbalistiques : le verbe est créateur.

C'est par cette tortueuse voix que s'exprime le « vrai ».

□ Croire à l'esprit. Comme si on en avait besoin ! On y croit toujours trop : surtout les « matérialistes » (qui font la science, c'est-à-dire exaltent aveuglément le pouvoir de l'esprit). Ce qu'il faut, c'est, énergiquement, tenacement, éperduement, avec la foi qui transporte les montagnes, croire au corps.

□ Nous pensons dépenser notre énergie en gesticulant, mais c'est elle qui nous dépense aux aumônes dans la sébille des aveugles.

□ Chez les guillotinés, les réflexes de la vie subsistent pendant quelque temps. — Alors ? — Ça devrait vous « consoler » puisque vous avez besoin de survie...

□ *« ...Afin que ceux que contriste l'inévitable nécessité de mourir, soient consolés par la promesse de l'immortalité future. »*

— Mais ceux qu'elle ne contriste pas ?

11

les JE sont faits ▢ ▢ ▢ ▢ ▢ ▢ ▢

▢ Nos idées sur la mort sont candides. Les uns croient qu'on ne meurt pas. C'est — évidemment — trop naïf. Les autres croient que mourir n'est *rien*, vu qu'avant on vit et qu'après on n'y pense plus. C'est — non moins évidemment — trop bien raisonné. Il semble, quand on veut juger froidement, que ce sont les seconds qui ont raison parce qu'ils expriment mieux les faits. Mais c'est une illusion : les faits ici n'apprennent rien, s'ils apprennent *jamais* quelque chose. La mort est ironique.

▢ L'homme est un oignon, le plus noble de la nature, mais c'est un oignon pelant — comme les autres.

Une peau ? Vous ne croyez pas si bien dire.

Mais si vous l'enlevez, vous en trouvez une autre et une autre... jusqu'au vide central (pas bien grand d'ailleurs).

Pleurons, pleurons,
Crocodiles, mes frères.

▢ De ma fenêtre : « l'horizon quotidien des toîts ». Mon moi-toîts.

— Si j'étais moi !

▢ Tout le monde sait... Tout le monde fait...
— Quoi, le *Monde* ?

On emploi *soupçonner* pour supposer. Ce qui est hypothétique est *accusé* : pourquoi n'es-tu pas assez clair pour être évident du premier coup ? On considère comme une espèce de trahison ou de vague menace cette ambiguïté du monde, qui, en foin de Kant, soupçonnons-nous, se moque de nous.

Mais moi qui me moque du Monde, je soupçonne également supposition, suppositeur et suppositoire, vache qui vêle et vétérinaire. Ils sont de mèche, ils ont le mot : sans le savoir — car ils *sont* le mot. Et moi aussi, bien que je le sache. C'est pourquoi je puis leur lancer mes clins d'œil invisibles.

L'objet est ce qui m'est objecté.

Le monde est une tapisserie dont l'envers bariolé de fils pendants et de surjets est le poème. Quand on a jeté un coup d'œil DERRIÈRE, on ne peut s'empêcher d'y penser en regardant l'endroit.

Le problème des pupes.

En chemin de fer dans la nuit, la situation est claire. Il faut choisir : ou bien regarder ses voisins, ou bien scruter l'extérieur. Il y en a pourtant qui croient voir encore un rapport entre les deux.

La nature n'est qu'une chimère parmi les autres.

le poisson d'avril □ □ □ □ □ □ □

□   Mon sentiment de la nature :

Les pieds ont beau solliciter le sol : c'est un ventre repu, refusant tout superflu. Qui oserait se vanter d'en faire autant ?

□   La blancheur est ignoble.

□   Rien ne m'ahurit davantage que le goût de la foule pour les chiens, chats, perroquets, etc. Pour moi, l'être ne commence à m'intéresser que lorsque ses réactions me deviennent totalement étrangères. La sangsue n'est pas mal, l'étoile de mer c'est déjà mieux. Mais les limaces ! parlez-moi des limaces !

□   La société est un concert (avec ses canards, bien entendus). Mais le monde déconcerte. Pour se rassurer, on feint de les confondre. On parle du « beau monde » ou d' « aller dans le monde ». Demi-monde cosmique : et comique.

□   Démon est l'anagramme de monde.

□   L'imprévu ne l'est pas tant. Heureusement, sans quoi on ne le reconnaîtrait pas et il passerait inaperçu. L'ennuyeux, c'est précisément qu'à ce compte il devienne vite ennuyeux.

□   Je ne sais pas s'il y a des nombres. Et vous ?

le lièvre de mars

On a tort de ne point prendre garde à certains ravages de la pensée. Je tiens pour assuré qu'un événement heureux ne se produit qu'au moment où l'on y pense le moins et parce qu'on y pense le moins. La pensée tue l'événement et de l'événement mort-né sordent des émanations mortelles. L'action c'est-à-dire la *création* constitue exactement l'inverse de la pensée consciente. En cette seconde, je tue en moi quelque chose qui valait mille fois ma pensée. Ne pensons plus, *dépensons.*

L'oubli est ce qu'il y a de plus vivant dans la vie. Secret du renouveau magique et de la *virtù*. Apaisement aussi et *seule* solution : la solution de continuité.

Dans la maladie, c'est la mémoire qui usurpe et envahit l'être : le corps est *marqué* et ne peut plus, au moins pour un temps, effacer la trace d'un affreux passé. La mort est la déroute *déroutante* de tout oubli. Comme la cohésion ne se maintenait que par la poussée en avant, la fixation totale est en même temps la décomposition. Et le cadavre, qui devient passé, revient à son propre passé, c'est-à-dire au début du cycle, aux éléments originels. Dans la conscience du mourant cela se traduit par cette hypermnésie bien connue sous laquelle il s'effondre.

L'oubli est donc encore la panacée, remède par absence de remède : véritable or potable de la science alchymique. *Et je vécus étincelle* d'or *de la lumière nature.* L'oubli est jaune comme Van Gogh l'a vu.

D'où la mélancolie du souvenir et le genre moraliste-croque-mort que prennent tous ceux qui vivent *au passé.*

credo à crédit ▢ ▢ ▢ ▢ ▢ ▢ ▢ ▢

▢   Pas la vie mais une simple tricherie entre la vie et la mort.

▢   Oui Monsieur, je suis un schizoïde et même un schizophrène. D'ailleurs si je n'ai pas proprement le complexe d'Œdipe, j'ai certainement un complexe de supériorité (surtout devant vos pareils). Une pointe de démence, avec tendance désagrégative et agoraphobie, fixation anale, etc. Et avec ça ? Est-ce bien tout ?

Quant à vous qui — évidemment — n'êtes rien de tout cela, médecin aux sains soins, vous êtes — non moins évidemment — un con.

▢   Les croyants sont bêtes parce que s'ils étaient intelligents ils auraient déjà la bêtise de l'hypocrisie.

L'hypocrite, en effet, malgré les prodigieuses ressources qu'il doit parfois déployer, finit par cro're à la valeur de sa simulation.

On devine alors quelle peut être l'ontologique consistance de la mélasse dans laquelle clapotent les croyants. C'est probablement là-dessus qu'ils fondent leur expérience de l'infini. Mais il y en a ailleurs que dans les églises.

▢   Il y a ceux qui ne pensent pas à croire et ceux qui découvrent qu'ils croient. Les premiers font les *vrais* croyants, comme les sauvages ou les sorciers. Les autres sont les jésuites ou les intellectuels, tous les *cuisiniers* qui accommodent les entremets de la certitude.

Ceux qui osent s'avouer ce qu'ils pensent savent très bien qu'on ne peut pas croire. S'ils s'obstinent, on assiste aux classiques tentatives désespérées (avec manifestations frénétiques) : le catholicisme de Péguy (qui d'ailleurs ne se fait pas baptiser), la psychose fasciste, la « dialectique » bolchévique, et d'une façon générale l'agitation de tous ces énergumènes qui croient faire le « bien ». La science est un opium dont on dit moins de mal, mais qui est très-décevant, sauf pour les bureaucrates du *cru*.

Tu es encore à la tentation d'Antoine. L'ébat du zèle écourté, les tics d'orgueil puéril, l'affaissement et l'effroi...

□ Savoir c'est toujours plus ou moins faire semblant de savoir. Par là il peut être intéressant d'observer les savants, cette espèce vaine.

□ Après avoir été la machine-infernale de la révolte et du doute, la science va devenir (*est déjà*) un implacable instrument de police.

On le voit au *ton* de tous ces scienticoles : ils seront pires que les inquisiteurs et l'obscurantisme religieux aura été un éden auprès de l'obscurantisme scientifique.

Le vieux scientisme naïf et optimiste, peu dangereux à cause de sa bêtise, ne ressemblait en rien à ce nouveau dogmatisme, qui se croit appelé à légiférer sur tout, société, mœurs, art, pensée (quand on s'imagine *posséder* la vérité...), qui censure déjà par l'Index de ses mépris, et qui bientôt utilisera le bras séculier après l'avoir pourvu de moyens efficaces.

17

le percolateur d'absolu □ □ □ □ □

Ce qui fait que la science rend si facilement imbéciles des esprits parfois fins et même libres, c'est que, malgré tout, elle est en partie vraie.

□ Il y a je ne sais quoi de sexagénairement primaire dans toutes ces doctrines à bases d'histoire. Constipés et prétentieux. Missions et vocations. Au nom d'une « évolution », qui n'est en réalité que la trottinette de leur petite Weltanschauung, ils inventent l'avenir et invitent à se sacrifier pour lui. Et leur sérieux.

Pourtant l'histoire est un si curieux et si plantureux exemple du travail des faussaires ! On regrette sans doute leur inconscience : ce serait trop beau que tout cela eût été concerté. Et les historiens sont aux antipodes du *jeu*. Ils trichent tout au plus pour une « cause », pour le « bien » ; ils sont incapables de tricher pour tricher.

Mais si on songe au guignol qui est le résultat de tous leurs truquages consciencieux, vertueux, scientifiques, — on doit s'avouer que ce n'est déjà pas si mal.

□ L'importance n'a pas d'importance.

□ Le génie du poivrot. Il raisonne et démontre son ivresse. Mais raisonnements et démonstrations n'ont d'intérêt que parce qu'ils sont faux.

□ L'AME *d'un canon : le creux où l'on introduit la charge.*

(LITTRÉ.)

18

□ Nous jouions à un jeu qui avec le recul me paraît assez inquiétant. Parlant aux Joseph Prudhomme et Homais du cru, nous feignions de les prendre pour de formidables pince-sans-rire jouant depuis des trente piges à se payer la tête des bourgeois : nous avions vu clair dans leur jeu et nous sollicitions l'honneur de devenir leurs complices. Ces gueules, alors, ces quiproquos ! Et puis (c'est là que le drame commence) nous ne savions pas toujours très bien qui jouait et qui était joué. L'un d'eux, défroqué, scientiste et patriote — hallucinant — avait une façon de me regarder en disant « *Nous autres* » qui, littéralement, faisait peur. Ça se passait probablement très au-delà de l'hypocrisie la plus géniale. L'homme allant, bien entendu, cinq minutes plus tard, avec ceux de sa bande, chier sur des choses qui à coup presque sûr valaient mieux.

□ ILS s'imaginent que le schizophrène, reniant l'univers que vous savez, s'installe dans un autre. Si ce n'était que ça ! Mais le schizophrène qui ne se paie pas de mots en vient à tromper indignement ses managers. A force de schizophrénie, il finit par en sortir, et ne voit pas de meilleure méthode pour bafouer ce monde immonde que de le traiter comme le Règne Idéal. Finalement ça n'a plus pour lui aucune importance.

Nous signalons le fait aux tribunaux psychiâtriques compétents et les pressons de définir dans leurs codes que : 1° Un tel schizophrène est un fou dangereux ; 2° Tout homme en bonne santé et normalement constitué doit avoir dans sa pensée, sinon dans ses actes, une proportion d'idéal qu'on peut fixer autour de 22 %.

l'oncle d'Onirique ☐ ☐ ☐ ☐ ☐ ☐ ☐

☐   Je suis *aussi* cette ombre qui me suit et que je fuis :

Ombre d'une ombre, dansant sur les murs croûlants de hasard, jusqu'à me *devancer* en ces moments où la chaleur le long du dos me dissout dans la vue de cette caricature forcenée qui m'effraie trop pour que je n'en rie pas tout mon soûl.

☐   Rêve. J'étais damné. Avec tous ceux qui étaient dans mon cas, on sortait par la gauche. Puis un dédale de couloirs. On arrivait dans une espèce d'hospice : assez bien organisé. On nous répartissait dans des chambres dont il *semblait* que nous ne puissions sortir. Je dis *semblait* car ce n'était formulé nulle part. Des gardiens en uniforme circulaient très-polis, toujours prêts à rendre service, — mais il n'y avait naturellement aucun service à leur demander. Peut-être était-ce leur présence qui empêchait de sortir ? Rien, en tous cas, de l'enfer classique. Dans ma chambre nous étions trois. Un type assez bien fait de sa personne, blond et maigre aux yeux intelligents, et une femme brune, avec une immense robe jaune qui je ne sais pourquoi me plongeait dans le ravissement. Je me disais : « Diable (hum), je ne rêve pas » (dans mes rêves je me fais souvent cette réflexion) « ce n'est tout de même pas l'enfer des curés, ça doit être le vrai ». Pourtant cette constatation n'était pas sans me chiffonner : j'étais vaguement ennuyé que moi, étant ce que je suis, je fusse amené à admettre l'existence d'un enfer (en me faisant ces réflexions j'oubliais même par moments que j'y étais). Je pensai soudain : « Je voudrais bien que ce soit un rêve ». Et en même temps, je voyais bien par ma *gêne* en face de mes deux compagnons d'éternité que ça allait très mal se passer. La femme commençait à me faire la cour d'une façon très-indécente. Je protestai que je n'admirais que sa robe. Elle me disait : « Alors c'est ça l'enfer ? Ça va être joli si vous admirez ma robe pendant toute l'éternité sans vouloir coucher avec moi ! Précipitez-vous dans le stupre au moins, pour l'emmerder Lui Là-Haut ». — « Qui ça ? » disais-je en regardant notre compagnon qui semblait bouillir. — « Idiot » répondait-elle « et puis vous allez faire du refoulement. » — « Vous savez bien que nos corps sont spiritualisés » faisais-je avec la conscience de toute l'imbécillité qu'il y avait à invoquer cette théologie. La femme m'accusait de vouloir séduire le jeune homme blond : à bout de forces, je lui répondis que je le ferais volontiers rien que pour l'embêter elle (j'avais toujours le sentiment d'une gaffe qu'il fallait éviter à tout prix). Je ne sais plus ce qu'il lança, mais l'atmosphère était très-tendue, tellement que je me disais : « C'est *vraiment* comme sur la terre » — puis soudain : « Mais c'est idiot ! On nous a eus ! C'est du symbole, c'est du *protestantisme libéral !* » Je garantis cette dernière formule qui me remplissait d'une horreur invincible à l'égard de ma sottise, et ce d'autant plus que la présence effective de cette scène gênante s'imposait toujours à moi. Ce violent écœurement me réveilla.

□   Rêve. Je suis en chemin de fer, mes voisins mangent d'épais sandwichs. J'éprouve un haut-le-cœur : je me dis que j'ai trop mangé de pâté de foie au goûter. (Noter que je n'en mange jamais et que d'ailleurs je ne goûte pas). Le train s'arrête en plein bled. Une femme descend sur la voie. Je dis : « Ne vous suicidez pas », en pensant que je suis ridicule et que je ne dirais jamais cela *dans la réalité* (?) Où suis-je donc ? J'ai envie de vomir, de partir. Et pourtant je *sais* que tant que la femme ne sera pas morte, le train ne partira pas. Tant pis, je vomis par la portière : aussitôt le train part; la femme court derrière. Je tire la sonnette d'alarme. *Bruit formidable.* Tous les voyageurs accourent. On s'étouffe. « La situation est absurde » essayé-je d'expliquer. Mais les gens me répondent en me désignant de façon menaçante : « Vous-même n'en vouliez plus ! » Bousculade, confusion atroce. Je suis défenestré.

▢   Rêve. Dans la cabine téléphonique des Halles. J'attends une communication venue d'on ne sait qui et d'on ne sait où. Une sonnerie analogue à celles des enfants de chœur. Je décroche. Au bout du fil, parmi des grésillements de cordon Bickford (en même temps, idée qu'un énorme danger immine), je perçois le bruit minuscule d'un baiser donné du bout des doigts. Puis plus rien. Re-sonnerie. Même jeu à trois ou quatre reprises. Tout-à-coup une voix qui paraît partir de dessous la boiserie. Voix harmonieuse et un peu sourde. Elle s'exprime en une langue étrangère inconnue riche en voyelles, avec un accent tonique très marqué. J'écoute cette voix avec un intérêt de plus en plus passionné. Il devient hors de doute que toute ma vie dépend des paroles qui sourdent du mur. Cette voix (nullement l'impression de ne pas comprendre le *sens* de ce qui est dit, encore que les paroles — j'en ai conscience — me demeurent hermétiques) me plonge dans une euphorie dont je découvre tout à coup qu'elle est essentiellement érotique. Je m'appuie le ventre sur la boiserie de la cabine. Sonnerie. Sans que j'ai décroché j'entends le grésillement du Bickford, puis une seconde plus tard, un *énorme pet* accompagné d'un gros éclat de rire abominablement vulgaire. Je me réveille alors progressivement, traversé par une série d'images à peu près instantanées. Gens indéfinissables s'apitoyant sur mon sort : juste le temps de comprendre que le téléphone m'annonçait le rejet de mon recours en grâce et que je ne saurais m'en tirer que par un bon mot d'une très-rare qualité. Je cherche en vain quelque bon mot. Le grésillement du Bickford. Puis la voix de la boiserie me chuchote soudain des tas de mots drôles qui me traversent sans se poser. Puis se brouillant progressivement, la voix me récite sur un ton de plus en plus gouailleur, un poème de style très classique et extraordinairement pornographique.

□   Rêve. Une femme d'une trentaine d'années, brune, vêtue d'un tailleur rouge sang, va me croiser sur le trottoir dans une rue violemment ensoleillée. Désert. J'ai envie de faire demi-tour ou du moins de changer de trottoir. Mais justement je veux voir ce qui va se passer. Soudain, au moment où elle arrive à ma hauteur, elle se jette sur moi, très-légèrement, et m'embrasse dans le cou à droite. Sensation désagréable que je ne saurais décrire. Histoire de parler, je dis : « Je m'en jetterais bien un derrière la cravate ». Mais elle se retire et voilà que ses lèvres restent collées à mon cou (ou est-ce la peau de mon cou qui reste collée à ses lèvres ?) et qu'entre nous deux un dégoûtant filament s'allonge, s'allonge, car elle s'éloigne rapidement. Impuissance et répulsion. J'attends l'éclatement de cette espèce d'élastique ignoble. Tellement surexcité que je m'éveille sans savoir s'il s'est rompu.

□   Remiser MON tigre dans mon armoire à glace ? Vous n'y pensez pas, Madame. Il serait gelé. Et je n'ai pas d'armoire à glace.

□   Rêve. Un dédale de couloirs obscurs qui serpentent en descendant. Paysage intestinal. Impression que je vais continuer à marcher ainsi pendant une éternité. Comment en sortir ? On continue à descendre (je dis on parce qu'une véritable foule se presse dans ces couloirs, mais en réalité, c'est toujours moi). Sur ces méandres s'ouvrent des cinémas d'un confort moëlleux ainsi que d'immenses pissotières-cathédrales faiblement éclairées au néon. Le sol me donne l'impression très pénible de marcher sur un radeau fait de ventres hydropiques. Une bouffée d'air marin me parvient au moment précis où je comprends que je suis au bagne, condamné aux travaux forcés à perpétuité.

☐ A moins d'être commerçant ou sérieux, on ne peut guère s'arrêter à la distinction *réel-irréel*, marquée au coin-coin du bon sens.

Sont les premiers à l'admettre, bien étendue, les défenseurs du merveilleux, schizophrènes à la manque (le Diogène moderne en cherche un vrai). Leur opium ne fait plus d'effet. Ils font semblant d'y croire, mais nul n'est dupe. Pas même eux.

Schizophrènes à l'envers, nos réalistes à tête de bêche sont de véritables infirmes vis-à-vis de ce qui ne les *touche* pas. Retenons ce que cette maladie mentale (qu'on appelle vulgairement *sens commun*) a de sexuellement pathologique.

Alors? C'est très simple. Pour réussir, vendez du réel ou de l'irréel. Soyez banquier ou poète. La différence est toute superficielle.

Sinon, il reste l'échec.

☐ Je controuve.

☐ C'est dans les livres d'arithmétique que j'ai compris combien il était stupide de poser des problèmes. Pour moi qui faisais toutes les commissions de mes beaux-parents, c'était un jeu (et un succès assuré) que de remontrer au maître la fausseté de ces données inventées à plaisir. Depuis, j'ai découvert que les problèmes ne sont *même pas* de faux problèmes ! Larmoyante comédie toute cousue de fil à retordre, et qui consiste à tenter de réconcilier ce qu'on a d'abord soigneusement disjoint. Le Monde et l'Esprit, le Plein et le Vide, le travail et le repos... Pratiques qui n'intéressent guère que ceux qui n'ont pas à vivre. Car la vie — vraie ou fausse — se charge bien de noyer le poison dialectique dans le PHÉNOUMÈNE.

Le contraire du problème est le poème.

❑ Hérisser ses soupçons : fin et moyen du poème. Je soupçonne donc aussi le poème lui-même. Et ce soupçon même...

❑ La poésie est une idée *x*.

❑ La physiognomonie de la tête et celle des mains, malgré leur part (bien croustillante) de fumisterie, ont finalement coloré l'expérience la plus *courante,* qui pourtant marche à pas si lents... Mais leur tort est de nous faire tenir le reste du corps pour indifférent.

Les genoux, par exemple. Tandis que bien des peintres et sculpteurs font des genoux en série, Michel-Ange, qui cependant avait *son type* de genou, le variait à l'infini. Lui qui pleurait d'admiration devant l'apparition latérale des trois côtes à la levée des bras, savait ses genoux comme son alphabet.

Il faudrait en dire autant des fesses, qui aux yeux avertis devraient parler autant qu'un visage, — et même beaucoup mieux : car dans un visage il y a trop de signes divergents, d'où une certaine difficulté à en faire la synthèse, alors que la vision de fesses se réduit à saisir quelques lignes dans leurs inflexions et quelques masses dans leur modelé : c'est à la fois plus stylisé et plus harmonieux, donc plus simple d'accès — quoiqu'aussi nuançable.

Et le devant est d'une psychologie aussi subtile que le derrière.

Mais dans une société qui n'a su se policer qu'en devenant policière, nous ne nous risquons guère à dépasser la *fiche anthropométrique,* cette noble conquête du génie moderne, après laquelle soupirait depuis des siècles une humanité de mouchards, d'espions et de flics, et qui est en passe de rayonner demain comme le *dernier mot* de la Connaissance.

▢   La véritable intimité (la seule) est de corps à corps.

▢   Penser jusqu'au bout de sa pensée, qu'est-ce d'autre que de se heurter à ses limites mentales et de tuer sa pensée en lui faisant éclater le crâne contre les barreaux de sa cage ? Ou alors, se contenter de *faire le tour du propriétaire,* tourner en rond, « Mors-toi la queue, serpent » ? De toute façon la pensée ne mène à rien si ce n'est à elle-même et tous les chemins mènent à l'homme : la pensée est un passe-temps bourgeois. Réflexion d'ailleurs toute bourgeoise et elle aussi entièrement frivole. Comprendre, désespérer ou se taire, c'est toujours une manière d'acte de foi, une façon de se reposer, de s'appuyer sur son désespoir ou son silence.

▢ ▢ ▢ la raison ne fait pas crédit

▢   Eclairer la nuit ce n'est que la rendre plus évidente.

▢   Tirer de l'huile du mur pour graisser la patte à l'escargot.

▢   Vivre c'est une manière de cache-cache. En cherchant les idées, les hommes et soi-même, on croit tenir un prétexte à ne pas se perdre, ou du moins, dans le bal masqué où nous sommes entraînés, à retrouver ses habits au vestiaire.

▢   Ce n'est pas la lumière qui m'attire, mais l'ombre qui me pousse.

▢   ILS enfoncent des portes ouvertes, se vautrent dans l'évidence, s'en veulent enduire de couches épaisses pour ne plus voir l'*obscur*, et après des pages d'équations arrivent enfin à poser : $0 = 0$.

    Moi (et je le dis avec tout l'orgueil requis), j'aime les rues sans issues et les vagues cambrousses sans chemins, j'épluche l'inévident, je cuisine l'incident, je déguste le fortuit, et tout au bout de mes zigzags, je me plais à poser par exemple : P. Claudel (ou tout ce que vous voudrez) $= Q$.

▢   Tu ne me chercherais pas si tu ne m'avais déjà trouvé. — Alors ce n'est qu'un jeu de cache-cache ? — Naïf, tu y croyais ?

27

dieu de paille □ □ □ □ □ □ □ □ □ □

□ Nous avons besoin de miracles depuis que Madeleine Roch ne chante plus la Marseillaise.

□ « *Dieu est notre avenir, ou il n'y a pas d'avenir* ».
« *Le Ciel est pour ceux qui y pensent* ».
Pas si mal pour Lacordaire et Joubert.

□ Le DIEU-SANDWICH.

□ Ceux qui parlent du Néant se gardent bien d'*aller y voir*. Mais ils s'en garderaient bien plus, peur de perdre leur business et leur raison de non-être, s'ils savaient ce que *c'est*, car ce n'est même pas un trompe-l'œil (ce serait trop beau) : c'est un cabinet de toilette. Tout à fait comme l'Absolu, son frère jumeau.

□ La faim justifie les classes moyennes.

□ Les martyrs ont tous plus ou moins des gueules de faux-témoins. Très-sat'sfaits qu'on les prenne tellement au sérieux. Mais rien ne sert de mourir, il faut pâtir à point. Et par-dessus le marché, ça ne prouve jamais rien.

□ Le Hasard ? Ses créations ne sont pas plus mal réussies que celles de l'Autre. Ses desseins sont tout aussi imprévisibles, sa puissance infinie. Il lui ressemble comme un frère. Comme lui il se laisse aller aux improvisations. Son sublime également est un peu usé : il ne faut pas prendre trop au sérieux ce qui arrive. Comme Dieu, entremetteur et assassin : et de cuisse légère, offert au *premier venu*.

On peut même s'en remettre à lui pour les décisions. Nous sommes si bêtes et si butés, qu'il est forcément plus sage, étant indifférent. Et à côté de notre imagination-traversin, il est tout bonnement « merveilleux ». Pile ou face, *sortes a Deo veniunt*. On appelait ça jadis l'abandon à la Providence : ce n'était pas si sot. Samuel Butler concilie les deux (*à merveille* comme par hasard), quand il écrit : *le hasard fit que la Providence voulut...*

□ St Thomas ou : bête de somme, en cinq sens.

□ Manie de la justification : par haine (ou crainte ?) de l'irrationnel.

Justifier le monde, le mal, la poule, la salade, la morale... C'est une maladie. D'autant plus que tout cela est strictement *indéfendable*. C'est précisément pourquoi on recourt à Dieu : la démonstration a l'air de satisfaire la raison, et en même temps l'incompréhensible-infini la fait taire. Coup double : parade d'humilité et assurance d'infaillibilité. Peu importe à ces explicateurs, si, en fin de honte, ça n'explique rien.

Par une rencontre savoureuse et prévisible (car toutes les pensées reviennent *au même*), l'obsession des mécontents et pessimistes est exactement identique : ils croient que tout *devrait* se justifie. et sont moralement choqués de l'échec.

métaphysique amusante ▢ ▢ ▢ ▢

Moi qui ne suis pas gêné par la raison, je n'éprouve aucun besoin d'être « consolé » de l'irrationnel et de l'absurde, que je trouve au contraire très-sympathiques et surtout beaucoup plus drôles.

▢ Pour Dieu, n'être que Dieu, ce n'est vraiment pas très-fort.

▢ Le soleil est assez grand garçon pour se lever tout seul chaque matin.

▢ *La religiosité est, du moins à l'origine, en raison directe du développement des muscles grands fessiers. On comprendra sans plus ample commentaire que les femmes demeurent plus dévotes que les hommes.*

Alfred JARRY, Spéculations.

▢ Il existe à coup sûr une mystique des tondeurs de chiens.

▢ Il y a des imbéciles qui croient que l'art est une chose sérieuse.

▢ Le beau parfait somme d'admirer : il est assommant. Le beau imparfait doit être en quelque sorte accueilli, apprivoisé et comme embobiné. Souvent la fêlure de l'ironie est cette imperfection qui sauve.

❏ ❏ ❏ ❏ ❏ ❏ ❏ ❏ **poétique en toc**

❏   On confond *beau* et *gros, fin* et *maigre* : un beau cochon, une jambe fine.

❏   Le beau a besoin d'être incongru.

❏   La beauté est un excès : ne pas confondre avec la perfection qui n'est qu'une moyenne.

❏   L'outrance met les outres en transes.

❏   Le génie manifeste de la crudité. Ni M. Racine, ni M. Raphael n'en ont.

❏   Fuis comme la peste les voyageurs de commerce en camées.

❏   La plupart des artistes exhibent leurs idées neuves ou fraîchement retournées comme les paysans leurs habits du dimanche.

❏   Une guirlande gâchée, voilà l'œuvre. Un rien de plus achevé, et elle serait tout juste bonne à se faire enguirlander. C'est peut-être par crainte des guirlandes que Michel-Ange n'a rien pu finir. Si colossales que fussent les siennes, il les voyait encore trop guirlandes et cherchait quelque démesure pour les gâcher.

31

mauvaise franquette □ □ □ □ □ □

Il a d'autant mieux réussi qu'il a tout laissé *en plan.*
Ne jamais insister.

□   Gaffer avec élégance n'est pas tant l'art des aristocrates que celui des poètes. La poésie c'est de savoir être de *bonne grâce* jusque dans le pire mauvais goût. Vrai du poète, mais aussi du lecteur qui doit faire gaffe, sous peine d'être a-poétique. Il n'y a pas de poésie triste.

□   Le poète pêche à la ligne — sans espoir d'absolution —, comme d'autres tirent à la ligne ou au cul, et mettent dans le mille à la faveur de chaque billet de banque : mais quel poète, autrement qu'en rêve, se torcherait avec des banknotes ? Ou il n'en a pas, et c'est la pêche, ou il en a — trop respectueusement — et c'est le péché.

□   Je ne sais pas, je soupçonne. (Ce n'est pas une devise, c'est une constatation.)

□   Il est facile d'être original ou de passer pour tel. J'ai eu cette réputation (de l'être et même auprès de certains de chercher à passer pour tel). Pourtant si ces *psychologues* pouvaient enregistrer le nombre de banalités qui me viennent à l'esprit en vingt-quatre heures, ils me considèreraient comme un frère et même comme un frère inférieur.

□   L'hypocrisie la plus insupportable : celle des esthètes.

☐ ☐ ☐ ☐ ☐ ☐ ☐ ☐ ☐ **gorges froides**

☐   S'ils rient, ils se hâtent de sauver leur rire de la frivolité en disant : Quel grand comique !

☐   Les meilleures plaisanteries sont *déplacées*.

Savoir rire de son propre rire et s'amuser du sérieux avec lequel les hommes s'amusent.

S'il pouvait être conscient, le comique classique serait parfait, tant il est bête (les plaisanteries de Molière). Et ceux qui en rient à ventre déployé (s'ils SOUPÇONNAIENT) seraient les vrais pince-SANS-rire.

L'humour n'est guère qu'une variété assez infecte du comique ordinaire. C'est une fonction et presque une raison sociale.

Nous sommes assez *au-delà* de ces jeux à la coque.
Nous en sommes aux connivences devinées et au secret de Polichinelle, au rire refusé quoiqu'affecté et au sérieux traîtreusement encouragé, à la dégustation du pur spectacle de l'imbécillité dans sa nécessité triomphale...
Nos signes, c'est l'esprit faux, l'à-propos à contretemps, la plaisanterie ratée, la gravité complice, le calembour perclus, le mauvais goût subtilement épais...

Mais, bien entendu, ce ne sont que des *signes*, des clins d'œil. Il ne s'agit pas de prendre au sérieux cette mystification au deuxième degré, ni surtout d'en faire un « comique », — mais de la dévisser elle aussi, *et ainsi de suite* (comme disait Achras). Car ce petit jeu-là n'a pas de cesse. Jusqu'à épuisement (du joueur et du jeu).
Alfred JARRY.

Ceux qui ne le trouvent pas drôle ont raison. Ses traits d'esprit sont faibles, son humour forcé, et même,

poubelle au bois dormant ▢ ▢ ▢

au second degré, quand il se fout visiblement du public, son prétendu comique est lugubre. D'où son relatif insuccès, qui est d'ailleurs pour lui une victoire, la seule. Insuccès qui se mue en échec (ou victoire qui devient triomphale) si l'on considère ses supporters eux-mêmes et leurs contre-sens savoureux quand ils se croient obligés de rire, — ou, contre-sens encore plus délectable, quand ils rient spontanément. Ah ! il les a eus, *tous*.

▢ La vanité et la sotte prétention de l'*ornement* (style, décoration, architecture...) lui confèrent tout son prix. Je tiens à l'ornement parce que tout le monde y tient et que c'est le moyen de LEUR rendre la monnaie de leur pièce.

▢ Le style littérairement parfait devrait s'effacer si complètement derrière ce qu'il exprime, qu'il passât inaperçu. Mais cette littérature pure serait la négation de la littérature : aussi tous les écrivains, malgré leurs prétentions à la perfection, sont-ils formidablement illogiques, ce qui nous vaut leur « originalité » et permet à la littérature d'exister sous les espèces de l'innommable mélange qui la définit.

Je n'ai cure ni de cette littérature impure ni de la littérature pure. Dans la première la prétention est ridicule, dans l'autre le résultat est ennuyeux. Je me résigne donc — allègrement — au mauvais goût. Tant pis pour les esthètes que déroutent l'imprudence et l'impudence, tant pis pour les jobards à qui il est décent de donner le change (Proust lui aussi, n'est-ce pas...).

▢ Les mots dorment.

34

☐ ☐ ☐ ☐ ☐ ☐ ☐ ☐ ☐ **feux de mots**

☐ L'homme est un animal qui bavarde. J'apprécie sans vertige l'étendue de mon humanité.

☐ Un homme entièrement conscient de l'ambiguïté des choses et des mots devrait arriver *au moins* à les confondre entièrement. Comme le monde, le mot miroite de ses mille facettes. Il s'agit de se mettre au centre de l'éblouissement, où les correspondances elles-mêmes n'ont plus de SENS (on ne les sent plus, elles ne signifient plus, elles n'orientent plus). On perd la facette. Et la contradiction rayonne, à la fois logique et ontologique. Alors tout naturellement la chose se volatilise en signe et le mot s'épaissit en matière sonore ou même tactile. Les kabbalistes n'étaient pas loin du résultat. Mallarmé peut-être l'aperçut. Et avant lui, il y eut Nostradamus.

☐ Je n'ai jamais compris l'intérêt qu'on pouvait prendre à une description. Au siècle de la photo. Et même à un autre.

☐ Dénoncer une fois pour toutes la manie de la célébration.

C'est le procédé des œuvres « exaltantes ». L'exclamation y est favorite. On s'excite sur des figures de style. Dont les plus puantes sont l'Epiphonème et la Prétermission, sans compter l'Hypotypose et la Prosopographie, l'Invocation, la Déprécation et la Défécation. On se dispense (et on dispense) d' « *y aller voir* ». C'est le plus commode des alibis littéraires. Pratique et inusable. Le ton est celui des *Nourritures Terrestres*, d'*Esther*, ou des romans anglais. Insanes tisanes.

pathonomastic □ □ □ □ □ □ □ □

La vraie poésie met mal à l'aise. Elle est *soupçon* dans toutes les dimensions du terme. Le poète ne crée que dans cette retouche rapide et presque esquivée de l'ironie maladroite, du trait inachevé, de l'échec subi légèrement. Dès qu'il ouvre les écluses, c'est la grande vidange. Cette basse facilité se déverse en discours et en descriptions. La célébration devient tout de suite fausse d'aisance. Rimbaud a dû se mordre les doigts d'avoir fait du Victor Hugo, et peut-être s'il s'est tu... Souvent chez Max Jacob on devine une célébration larvée.

Mais il y a une moralité. La célébration exige l'inconscience du *patient,* sinon elle déçoit. La célébration de la Messe, après tout ce qu'on a dit du mystère, du sang, de la mort : ce n'est que ça ?

□ Chéries et fades, les images sont les choux-navets du poème.

□ La parole ressemble à son inventeur, le souffleur de verbe et auteur de la farce-attrappe babélique : par un curieux cacologisme, elle est à la fois sous-produit et matière première des transports en commun : elle ne peut donc *normalement* s'excréter qu'en lieux communs, chants d'épandage, ou cabinets d'aisance. Dès qu'on veut s'oublier loin de ces cacathédrales et de ces chaises percées au coin du bon sens, où nos conanthropes réchauffent la félicité de leurs mutuelles cacades, on sent le langage se constiper tout en restant, hélas, aussi infect. Plus d'aisance. Les mots râlent et puent la morale orale.

Comment, en effet, *s'exprimer,* puisque ce mot lui-même emprunte l'épreinte scatosociologique et la consacre comme le type de l'élocution ? Comment s'évader de cette caca-phonie, puisque, on le sait par des spécialistes, le silence est encore plus fétidement éloquent que la voix ? Il faudrait une bonne fois vidanger le langage.

Mais nous savons que c'est impossible. On peut toujours refuser de manger LEUR merde : on n'évitera pas de patauger dedans. *On ne part pas.* Puis donc qu'on est forcé d'utiliser cette langue fécale, que ce soit pour parler de l'ignominie qui la déchoit. C'est un pis aller : mais, tout de même, avec ce *luxe* de voire notre coprolalie dénoncée précisément par les pâtissiers de l'ordure. Car, quoi que leur fassent ingérer les réformateurs des *instintestincts* de l'histoire, ils en resteront toujours à leurs collectives évacuations, s'enfuyant dans leur vide et caressant leurs idéales cacagnes. C'est l'intolérable colique : Flaubert, Barrès, Péguy, Romain Rolland, Roger Martin du Gard. Comprenez-vous tout le sens du verbe emmerder ?

On ne voit donc pas de remède. Dès qu'on parle, ça pue le social. On a beau être vif et se détourner prestement, projeter obliquement les mots, installer au coin des phrases les chasses d'eau les plus triomphales, allumer des feux suffocants de bois vert au bas des pages, faire des courants d'air à craquer les verres de lampe..., ce sera peut-être moins dégoûtant que Musset, France, Duhamel et autres stylistes de cabinet, mais enfin des vidangeurs même parfumés...

La scatologie de Jarry est ainsi beaucoup plus ontologique que ne le croiraient nos emmerdeurs. On le sait, la *Statue de Memnon* qui chante à l'aurore (soyons indulgents à cet aède qui a dans son répertoire la *Chanson du Décervelage*), fait la nuit le métier de vidangeur au tonneau.

□   La poésie de l'alexandrin est un ouvrage de dames pour messieurs. Cela explique le caractère de certains

la scie-reine □ □ □ □ □ □ □ □ □

« poètes » et celui de pas mal de « poëtesses » (un mot qui *sonne* bien ce qu'il ne devrait pas avouer).

□   Gare à la poésie *poétique*. La comtesse Anna Mathieu de Noailles, née Brancovan, est poétique.

□   Le lyrisme : maladie vénérienne.

□   Mais si, mais si, il faut dire : La Fontaine je ne boirai pas de ton eau.

□   Enfermer la poésie dans le poème, c'est l'empêcher de pénétrer dans la vie. N'écrivons plus rien. Le poète de demain ignorera jusqu'au nom de la poésie.

□   J'ai connu un poète qui passait son temps — comme on passe une crème — à rédiger des centaines d'auto-notices nécrologiques. J'en ai connu un autre qui composait ses poèmes à la mode des confiseurs : avec un machin infundibuliforme et des sucres roses, verts, bleus, mauves... Et quand le poème était fini, il le mangeait. Pourquoi ne pas dire que je tiens ces deux types avec moi-même pour les trois plus grands poètes vivants ?

□   Un poète ne devrait jamais parler de poésie. Il n'y connaît rien. Sinon ce n'est pas un poète. La preuve ici même.

□   Toutes les grandes tentatives — ou ce qui revient au même, toutes les tentatives poétiques, ont été dirigées *contre* le langage et la pensée.

Essayer de rendre à la pensée l'ambiguïté fondamentale et *impensable* qui est pourtant LA réalité : désosser le langage et *sortir* de la littérature. Lautréamont, Hœlderlin, Rimbaud, Mallarmé, Jarry, Fargue, Jacques Vaché... C'est d'ailleurs *impossible*. Échec au premier degré.

Mais il y a en outre échec au second degré. Car, bien plus cruellement que l'insuccès de leur « carrière », la gloire présente ou à venir de ces *horribles travailleurs* en fait des RATÉS : quoique souvent à leur insu, ils sont encore à l'origine d'une forme littéraire. Verlaine n'a pas compris que c'est *en cela* qu'ils sont maudits.

Nous n'avons plus à recommencer l'expérience : elle est assez claire. Après Lautréamont, Rimbaud et Jarry, ceux qui écrivent encore sérieusement sont des cons (je modère mon expression). Les arts ont éclaté : inutile de nous faire prendre les poésies pour des lanternes. Rendons à ces arts ce qui était à ces arts et rendons au jeu ce qui est au jeu.

Je fais du futile et non de l'utile. Aucune importance. Je ne suis ni homme de lettres, ni poète, je ne prétends même pas intéresser. Je m'amuse. Et je LES emmerde tous. Pour moi l'aveu des silences tragiques est encore de trop. Je n'ai pas à faire d'aveux. Je fais *n'importe quoi* — comme j'ai commis ces vers, légèrement.

□   Un poète qui se préoccupe de poésie est un commerçant.

le feu arrière □ □ □ □ □ □ □ □ □

□   Si un ivrogne te raconte une histoire de poèmes truqués, écoute-le de toute ton âme.

□   Les surréalistes d'aujourd'hui tirent les yeux fermés des chèques sans provision sur un héritage détourné par captation et hypothéqué jusqu'aux frontières du néant. Dans leur genre de vie, négociants en tragique retapé et brasseurs de petites bières sans cadavres, ils ont préféré le veau d'or à la vache enragée, les problèmes au poème et le faire-savoir au savoir-faire.

Au bon moment, ils savent sortir de leur poche-revolver la recommandation-fruit-du-chantage devant quoi s'ouvrent les portes des libraires ou l'ultimatum rédigé à l'encre antipathique.

Leur programme : planter des drapeaux à tous les carrefours de l'existence, assurer que leur passé leur tient, dès à présent, lieu d'avenir et les dispense de faire leurs preuves par neuf, hurler au scandale si on leur demande de montrer patte blanche en écartant le poil qu'ils ont dans la main. Pour le reste, se les rouler avec distinction. Bernards-l'hermite de la poésie, coiffés de leurs méduses à monocles, voici venir les fils à Dada.

□   La littérature de l'impuissance va se développer sans mesure.

Seuls les rabâcheurs peuvent s'obstiner encore dans la description « saine » et la prédication « optimiste », lessives béates de l'ennui.
On va donc voir du nihilisme en gros et en détail, du roman psychologique à résonances pessimistes

(pour faire profond), de la philosophie désespérée, du Dostoïewski retapé, et même divers repêchages du péché originel..., sans compter les postulats (mal avoués et mal inavoués) de Dada et des autres...

Malheureusement Lautréamont a passé par là. Après la formidable purge qu'il a flanquée à l'humanité, tous ces petits laxatifs clystérieux sont assez anodins. En annihilant la « bonne » littérature, il n'a pas négligé de rendre l'autre inutile.

Avec le raffinement diabolique d'un apparent retour aux raisons de la raison (qui perdent une fois de plus leur pauvre sens), ses *Poésies* coupent tous leurs effets aux futurs écrivains « noirs » et aux innocents qui voyaient (et voient encore) en Maldoror un pessimiste romantique. C'est le poing qui écrabouille l'i de la droiture à face naïve ! Plus de retraite. Et pas de clé de Lautréamont ; car Lautréamont n'est pas une porte (même de sortie) : quand la maison saute, il n'y a pas à la fermer ou à l'ouvrir.

Il apparaît désormais que tout pessimisme n'est qu'une attitude. Soyons cyniques : il n'y a même pas de question à poser. Seuls les imbéciles ou les femmes en sont à s'interroger sur le bonheur. Risibles — et en cela bons à quelque chose.

□ On s'en doutait : Voltaire n'a rien compris à Pangloss. *Tout est pour le mieux dans le meilleur des mondes*, c'est l'expression la plus vigoureuse et rigoureuse du pessimisme absolu, qui, à ce point-limite, devient radieux et se situe bien *au-delà* de lui-même, en disant à chaque événement : « Pourquoi pas ? Autant toi qu'un autre ».

au petit malheur □ □ □ □ □ □ □

□ Comme s'il y avait du temps perdu !

□ Le tragique : grand nom du cabotinage.

Qu'est-ce que vous croyez ? En serions-nous encore à prendre le monde pour une entreprise philantropique? Comme si quelque chose nous était dû ! Par qui ? Il y a encore du Dieu là-dessous.

Grossière consolation de se donner en spectacle aux autres et à soi : le destin « s'acharne » sur moi. Ce serait trop d'honneur.

Pas d'histoires ! Seules les histoires sont tragiques. Et on sait bien à quoi elles servent. Les peuples heureux s'en passent. Les histoires c'est ce qu'on raconte (et surtout ce qu'on rajoute). Mais on ne vit pas dans les phrases, fussent-elles grandes. Et sauf les chefs, elles ne font vivre personne.

Moi je ne coupe pas dans ce pain-là. J'ai même compris qu'il est inutile de changer la pâte : c'est toujours le *même* pétrin.

□ La malédiction n'est qu'un défaut de prononciation. Si Dieu, — et pas mal d'autres après lui —, avaient pris des leçons de diction, ils auraient évité de se rendre ridicules. Mais ce n'est pas moi qui le regretterai.

□ Il ne s'agit tout de même pas de se prendre pour une énigme, quand on n'est que *mots croisés*. Inutile de partir en croisade pour en trouver la solution (ou la dissolution) au fond d'un sépulchre.

□   Regarder. S'abriter s'il y a un toit. Mais ne pas se méprendre jusqu'à applaudir ou siffler, *et y croire*. Ce qui est raté est tout aussi intéressant que ce qui est *réussi*.

SE GARDER DU JEU

« *littéralement et dans tous les sens* ». La barbe de Thomas More. Ce que je traduis en deux postulats équivalents :

1° *Tout est la même chose,*
2° *Tout est donc très-suffisamment bien.*

Seul s'étonne le naïf, seul blâme le niais. Nous n'avons droit à rien, parce qu'il n'y a pas de droit, ni dans la nature, sinon celui de bouffer et de se faire bouffer, ni dans la société, où de certaines apparences cachent simplement la même réalité. Et ça n'a rien de triste. Au contraire. Ordures ? voilà un bien grand mot. Mais n'est-il pas amusant de fouiller dans les poubelles ? C'est même poétique. J'en parle en connaissance de cause.

□   Le *Jeu de L'Oie*, cette spirale bariolée où défilent à coups de hasards et à sauts de puces, les bonnes petites blagues de la « condition humaine » : l'école, le gendarme, le puits d'où la vérité ne sort pas, et surtout la Mort juste au moment où l'on va gagner la partie, tout cela sous l'invocation de la bêtise : — mais il me semble qu'on connaît ça ? Car, n'est-ce pas, *pour nous aussi*, CE n'est qu'un jeu? Jamais de Capitole à sauver.

□   Le bonheur ? Bien sûr, bien sûr. C'est avec ça qu'on force les gens à se rendre malheureux. Moi je m'en fous.

43

quand le caïman va, tout va □ □ □

Depuis quelques siècles, les élégances scientifiques proscrivent de plus en plus la mode anthropocentrique, et nous pouvons de moins en moins nous étonner que ce monde ne soit pas un pays de cocagne : *même plus besoin* d'être victimes d'une faute originelle ! Heureusement les colporteurs en progrès social sont venus vendre des avenirs parfaits, uniquement pour que nous puissions, par comparaison, nous indigner tout notre soûl des manques d'égards à notre ÉGARD.

Pour l'optimiste tout est bien : *font partie* de l'harmonie tous ces désordres, stupidités et insignifiances. Quel pessimiste !

Pour le pessimiste tout devrait être beaucoup mieux : il semble croire qu'on puisse concevoir l'univers *autrement* qu'absurde et l'homme *autrement* que médiocre. Quel optimiste !

Evidente satisfaction que les pessimistes ont à l'être. Il en est de même qui sont tout épanouis de montrer que leur pessimisme n'est pas encore assez pessimiste...

Moi-même en ce moment, j'illustre l'illusion de toute pensée, — qui se ronge de bien-être. *Euphorismes.*

Le désespoir est un commerce. Avec un peu d'habileté, cela peut rapporter. Tout autant, bon an mal an, que le trafic d'espérances.

Vendre ou acheter, je n'ai pas le sou.

□   Est-il encore temps ? — *Il est toujours temps :*
le temps est toujours là, pour nous emporter hors de
nous-mêmes. Rien que par cet affreux miracle de dé-
livrance, (même sans l'attente à chaque instant de
l'imprévisible ouragan qu'on espère jusqu'au bout), le
temps qu'il fait est toujours le plus beau, et surtout
quand il est mauvais.

□   Les meilleures périodes, pour moi, sont les i au-
vaises. Non parce que ça justifierait mon pessimisme
et me donnerait l'occasion de haïr l'Univers : on sait
en général que je suis toujours gai et au demeurant
très sociable — grâce à mon expérience consommée
de la Pataphysique. Mais parce que, dans ces mo-
ments-là, *j'accroche.*

□   *Qu'est-ce que le rat peut faire de mieux une
fois qu'il est dans la cage? Manger le lard.*

HEBBEL.

□   Ma plus grande découverte a été d'aimer mon
ennui et de m'en amuser. Je l'ai faite à onze ans à
l'école. Et j'ai compris qu'il n'y a pas de « maux de
l'âme ». Il n'y a que des mots.

□   Donc je serais sérieux, ennuyeux, acariâtre, triste,
dépité, décapité. Je porterais ma tête sous mon bras.
Saluez mon faux-col, belle dame : il est du moyen-
âge. Quant à ma tête, elle fut la couronne de Charle-
magne et plus encore les coups de bâton qui déchaî-
nèrent l'incendie des pavés. Vous souvenez-vous, chère

hôtesse ? Vous aviez si peur que vous êtes venue dans mon lit. J'ai glissé alors derrière les rideaux. Le lézard vert me suivait sailli par les yeux du dragon, lequel, comme tous ceux de son régiment, faisait l'amour avec la bonne.

□   A savoir qu'il n'y a pas d'avenir possible ni surtout souhaitable, j'éprouve le soulagement qu'on a à se rendormir quand le réveil a sonné.

□   Il y a encore des imbéciles qui croient que *quelque chose changera !*

Comme si on voulait changer de corps : on change de costume, de perruque, de fard, de nez à la rigueur...

On ne change jamais que les fioritures, mais le *texte* reste le même. Seuls les illettrés s'y trompent.

Une curieuse espèce d'illettrés : les doctes spécialistes ès fioritures. Ils ont fait de cette connaissance une science très-compliquée, et souvent très-ennuyeuse (mais à quoi ne finit-on pas par s'intéresser ?). Ils arrivent à tirer de la fioriture une sorte de loi ou de système qu'ils appellent « progrès » (histoire, structure sociale, évolution politique, culture...) et finissent par découvrir un moyen — plus ou moins fictif, peu importe — d'agir sur la fioriture. On déchaîne des cataclysmes, guerres ou révolutions accomplies à grands frais, et après, tout redevient sensiblement identique. En effet, que les fioritures soient maximalistes ou minimalistes, légitimistes ou corporatistes, françaises ou germaniques et tout ce qu'on voudra, elles se brodent sur un même texte, — LE texte : ceux qui commandent commandent, ceux qui obéissent obéissent et le pouvoir est absolu. Attendez seulement que nos révolutionnaires triomphent : vous verrez leur police.

Nous autres, nous l'aurons toujours sur le dos.

Mais ne pas croire que le changement de fioriture soit complètement oiseux : pour ceux qui ont besoin de drogue ou de raisons-de-vivre, c'est toujours bon à prendre.

□ Il n'y a que les idiots qui ont raison, il n'y a que les faibles qui se font rendre raison, il n'y a que les malades qui ont des raisons de vivre.

Pour nous, la vie est un fait, ni moins, ni surtout plus.

□ Le spectacle de la bêtise ambiante est un cordial qui n'a rien de médiocre : comme si les bacilles secrétaient leurs propres antitoxines.

□ La vie serait morne s'il n'y avait pas les malveillants. Ils assaisonnent ce plat de nouilles. Je soupçonne Jésus d'avoir dit à ses disciples : *Vous êtes le sel de la terre,* en pensant à tous leurs successeurs qui se donneraient pour tâche d'emmerder le reste de l'humanité.

□ Je ne sais s'il faut préférer les chiens savants ou les chiens enragés.

le chapelier d'industrie □ □ □ □ □

     Chacun son TOUR.

Mot vertigineux, car en tournant il s'enfonce vers les enfers de nos conforts. Des locutions à vous dégoûter à tout jamais de réfléchir : *tour d'esprit* (un vilain tour), *tour de fesses* (un bon tour), *tour de rôle* (sauver la farce), *tour de Babel* (grosse blague de Jéhovah), *tour de faveur* (nous avons été possédés), *tour du Monde* (question : qui le joue ?), *tour de France* (ça ne prend qu'avec les enfants, et encore !), et même *demi-tour réglementaire* (rationnement militaire), *tour de camp, tour de con, tour de cou, tour de force* (la plus curieuse des mystifications), *tour de chant, tour de foire...* et celui de Littré : *le petit tour, le grand tour : se dit pour exprimer honnêtement* (!) *les besoins naturels.*

Tours de passe-passe et tours de cochons.

Faiseurs de tours. TOUS.

Ce ne serait pas si mal, s'ils s'amusaient. Mais ils ne rigolent pas le moins du monde (et quel monde !), ni ne font rire personne — sauf nous. C'est le *sérilleux*. Telle est la Machine-à-tout-faire. Dans le mot « tour » tourne ce cercle vicieux fondamental.

La *tour d'ivoire* en est un aussi. C'est une raison sociale comme une autre.

— Mais vous ? Vous ne pouvez pas être hors du jeu ?

— D'accord. Mais je puis :

1° savoir que c'est un jeu : il ne m'est plus possible de croire que ces massacres et ces carnavals, même si je dois un jour y *faire le mort,* soient autre chose que des tours ;

2° savoir qu'on ne joue pas carte blanche sur table rasé : on a beau battre les cartes ou changer de

les chevaux de bois des ILS

règle, ce sont toujours les *mêmes* cartes, et truquées par dessus le marché.

ILS récitent chaque jour leur leçon de « moi ».

ILS en font des plats : voilà ce qu'ils appellent faire ses preuves : les œuvres sur le plat. Mais le fils d'icelles n'est jamais qu'un œuf. Ils ont beau pondre. Ils en seront pour leurs platitudes et leur courte ponte.

Fidèle et suiveuse, renifleuse et domestique, la pensée *tourne en rond* pour faire son lit et *gagner*, ô rêve, le droit de s'endormir. Candide et canine.

Qu'elle couche dans la plume, sur la paille, le foin ou les vieux uniformes, peu importe.

Athée ou non, révolutionnaire ou non, ouvrier ou bourgeois, littérateur ou béotien, scientifique ou poétique, — à d'infimes nuances près (beauté de la vaisselle ou élégance du vocabulaire : et encore!) — c'est la même vie, et ces idées d'apparence contradictoire *servent* exactement à la même *fin* : en finir et servir. J'avoue que depuis longtemps je n'arrive plus à distinguer entre ces distingués.

La *seule* différence serait entre ces faiseurs de tours et ceux qui ne tournent pas. Mais y en a-t-il ?

Et ne pas croire que ce serait là un remède. Il n'y a pas de remède parce qu'il n'y a rien à guérir.

le moins qu'on en puisse dire □ □

□ « Faire sa vie » ? ILS entendent par là « ga-gner (?) sa vie » toute la journée et réserver deux heures pour rêver ce qu'elle pourrait être. Les descentes de lit glissent sous leurs pieds nus et se cachent dès qu'ils sont chaussés. Nostalgie des voyages, des quatre-cents coups. Un de plus pour casser les vitres de leur aquarium ? Pas si bêtes. Congratulations qui les retiennent de forcer les serrures. Il leur suffit d'être voyeurs. C'est encore un moyen de rester en place.

□ ILS « *prêtent* secours ». Avec intérêt calculé sur le produit de l'intérêt général et du taux de moralité, divisé par la somme des intérêts particuliers.

□ Le mot « détritus », avec son air triste, noble et latin, LEUR convient à merveille.

□ ILS *ne laisseront derrière eux que des latrines pleines.*

LÉONARD DE VINCI.

□ Dans pédagogue,
il y a gogue.

□ Approchez, braves gens : la bonne Soupe. Madone est servie.

□ □ □ la bonbonnière aux crabes

□   Ce sourire de fesses sur LEURS faces ? Se rappeler l'euphorie douillettement gâteuse qu'éprouvent les blessés à la tête quand les circonvolutions frontales sont suffisamment entamées.

□   ILS deviennent fous, mais ils restent cons.

□   *Ces journaux que je suis idiot de relire.*

□   Nous voici donc au siècle de l'*information*, c'est-à-dire de l'informe. *Oncq plus d'horreur ne plus dire journaulx*[*]. Tout ce que nous avons vu n'est rien auprès de la cyclopéenne encyclopédie de bêtise qu'ILS congèrent avec un acharnement de fourmis.

   Toute espèce de littérature sera journalistique, avec la science pour lest. P. Bourget passera pour leste et dangereusement fantaisiste. Tout aura une « mission ». Tout poème sera slogan ou réclame. Les romanciers seront des penseurs-sociaux. Les revues, à force de dispenser de lire les livres, auront fini par les remplacer définitivement. Les Comités décideront de la forme et du fond des productions à entreprendre. Et les écrivains pour avoir le droit d'exercer devront être en carte. Personne n'aura idée de rire de cette farce. Ce sera l'étouffement par le sérieux.
   Je m'adresse aux compères : *Gare! Pas un mot! Police !* Le journaliste c'est le flic idéologique.

---

[*] Nostradamus, Centurie II, quatrain 30.

51

le pince-homme □ □ □ □ □ □ □ □

□   Comme au coin d'un bois de justice.

□   Tuer pour voler c'est bien banal. Tuer pour tuer, c'est faire preuve d'une sérieuse propension à l'ennui. Tuer par distraction, routine, souci de respectabilité, c'est une affaire de mode. Tuer pour rire, c'est le privilège du génie. Mais ne pas tuer, voilà où le drame commence.

□   Dans le fac-simile qui reproduit le grand manuscrit Atlantique de Léonard de Vinci, on peut voir un *« outil pour ouvrir une prison du dedans »* : c'est une sorte de pince-monseigneur très perfectionnée et qui en effet doit être fort pratique. *Is fecit...*

□   *Le train ne peut partir que les portes fermées*
Ne pas gêner leur fermeture

Nous sommes avertis. Et comme on nous qualifie sournoisement de « poètes », ON a pris soin de s'exprimer en vers.

□   Femmes qui vivent dans une dictée d'André Theuriet. Improbable qu'elles s'éveillent jamais.

□   Deux lampes-pigeon s'aimaient d'amour tendre.

□ □ □ □ □   **à l'article de l'amour**

□   Ne te laisse par regarder dans les yeux par une crémière : à plus forte raison si ce n'est pas une crémière.

□   Du cœur dans les épinards.

□   L'amour est une affaire. On dit : les affaires de cœur. On peut donc y réussir avec une certaine froideur. — « C'est moins agréable ». — Il y s'agit toujours d'un échange, selon un contrat à peine inavoué. Et la Grande Passion qui se manifeste par son caractère absolu, « en veut » pour ce qu'elle donne. Quand on l'a compris, il est assez facile de prendre une assurance sur cet absolu.

□   On dit un entrecôte, un tentacule, de la jujube.

□   L'amour est essentiellement *une tentative de retour*. Non pas retour à l'enfance comme le chuchotent je ne sais quels garçons coiffeurs hydrocardiaques, mais un retour à la vie intra-utérine *dont la nostalgie dirige nos moindres réflexes*. — La sodomie relève d'un état d'esprit similaire, bien que, en y réfléchissant, elle découvre des perspectives anatomiques plus originales : elle trahit un étrange effort pour s'insinuer jusqu'aux souterrains labyrinthes où bouillonne l'agitation animalculaire et se gonfle l'impetus vital. — D'un côté, quête des fondantes douceurs de la vie dégustative : de l'autre, quête du dynamisme de la vie déflagrante.

53

l'aigrillard □ □ □ □ □ □ □ □ □

□   Il me dit : « Tu comprends, je me marie, c'est pour avoir des gosses. Comme ça, quand ils auront dix-sept ans, je pourrai coucher avec ». C'est pas bête. Mais quelle patience !

□   *Chier dans le panier pour après le mettre sur sa tête.*

MONTAIGNE, Essais, III, 5.

□   Nous sommes si complètement imprégnés d'égotisme que manger notre merde nous écœure tout de même un peu moins que de goûter celle d'autrui. D'où ce test : deux êtres qui s'aimeraient assez pour ne plus se distinguer l'un de l'autre, s'uniraient jusque dans la communauté fécale. N'est-ce pas Marivaux ?

□   MATERIA MATER.

□   Le mariage c'est le bonheur au sens *rigoureux*.

Acte de foi sur papier timbré signé sur l'autel de passe-passe, il garantit mutuellement aux contractants l'usage exclusif de leurs hormones sexuelles respectives, qui se trouvent ainsi *ménagées* : d'où le nom de « ménage » donné à ce consortium, et qui par extension convient également à toutes les propriétés (au double sens du mot) des deux conjoints ; les violences réciproques n'échappent pas à cette règle, mais on les désigne plus explicitement par le doublet « ménagerie ». On voit quelle *rigueur* présente cet instrument légal. Il n'est même pas révocable pour vice de chloroforme.

54

▫ Si les pratiques homosexuelles devaient « se justifier », ce serait sans doute par le dégoût de ce borborygme mouillé de la copulation hétérosexuelle.

▫ Devoir conjugal : locution grivoise pour désigner ce qu'on remplit. *Exemple :* le mari remplit son devoir conjugal. ENCYCL.: on sait que les primitifs sanctifient et adorent les organes de la reproduction; les modernes ont modifié leurs appellations et passé du vocabulaire religieux à la terminologie kantienne. Ce passage est appelé progrès, on ne sait pourquoi.

▫ *...Ces dards dont les pointes légères*
Fixent le fin tissu aux seins de nos bergères.

Abbé DELILLE.

▫ Sa cravate était faite d'un cordon ombilical.

▫ Petits enfants, prenez garde aux préservatifs Black Cat.

▫ Le seul inconvénient grave de la solitude, c'est que lorsqu'on a un paquet à faire, il faut en même temps appuyer sur le nœud avec l'index et tirer sur les deux bouts de la ficelle. — Mais on y arrive en prenant l'une des extrémités avec la main droite et l'autre entre les dents.

phallacieux □ □ □ □ □ □ □ □ □ □

□   *A l'occasion de l'érection du Grand Obélisque sur la place De la Feuille de Vigne, Onan prononce un discours sur l'exemplaire dignité du Travail Manuel.*

LA BRUYÈRE, Caractères, II.

□   Quelle est la fleur la plus obscène ? Les Anciens penchaient pour le lis, à cause de sa verge d'âne. Je penche pour la fleur de pin.

□   Ecrire des romans érotiques à lire dans le noir. En langage Braillette.

□   Les perversions que l'histoire attribue aux Néron, Héliogabale, Gilles de Rais, marquis de Sade et Cⁱᵉ me paraissent ne dénoter qu'une puérilité bien honnête. Est-ce là vraiment tout ce que ces hommes ont imaginé dans l'art de la sexualité ?

□   Le vice est là simple et tranquille.

□   La femme n'est pas la femelle de l'homme. Elle représente un genre zoologiquement parent du nôtre, mais néanmoins dissemblable en son essence.

Il est grand temps de penser et d'agir en conséquence.

□ □ □ □ □ □ □   **décharge interdite**

□   On appelle charme féminin le cache-sexe de la connerie.

□   Tant crie-t-on Noailles qu'elle finit par y venir.

□   Tout le trafalzar.

□   UN IGNOBLE INDIVIDU.

*« Florence. — Alertée par les dénonciations de quelques honnêtes citoyens, la police des mœurs vient d'arrêter hier 8 avril * le nommé De Vinci Léonardo, 24 ans, peintre, qui se livrait à des pratiques contre-nature sur la personne du jeune Saltarelli, Jacopo, 17 ans, modèle, ainsi que trois autres individus de mœurs spéciales. Tout ce joli monde a été conduit au Dépôt.*

Le procès viendra dans deux mois devant le Tribunal Criminel de la Ville et le Procureur de la République, selon la loi, réclamera la peine du bûcher. »

(Les Journaux.)

□   Surtout ne jamais porter de muguet à la braguette, cela porte trop bonheur.

□   En ne-sachant-pas-ce-qu'ils-font, ILS ne savent que trop bien ce qu'ils font.

---

* 1476.

barre clouée □ □ □ □ □ □ □ □ □

□ Il n'y a que deux *attitudes* : se résigner ou se révolter. Toutes deux à la limite, exigent la même liberté et la même lucidité. Malheureusement nos révoltés sont encore et toujours beaucoup trop résignés, et nos résignés beaucoup trop révoltés.

□ On sous estime la résignation. Totale, elle serait l'explosif le plus violent. Epique. Rien ne prend sur le Résigné. Il est par là bien plus révolutionnaire que tant de révoltés. Piscator, le metteur en scène communiste allemand, nous racontait qu'un étonnant écrivain tchèque, mendiant et errant, a créé un type extraordinaire de « brave soldat », qui, respectant très-scrupuleusement toutes les idoles, les jette à bas infailliblement et, chose admirable, sans le vouloir ni même s'en apercevoir. En un autre ordre, exemple du Bouddha. On ne pense pas assez qu'il faut à la force un point d'application : ILS ont besoin d'obéissance, mais aussi de ce minimum de résistance sans laquelle l'obéissance est sans saveur et le commandement sans triomphe : une force ne se déploie pas dans le vide.

□ Il n'y a que les imbéciles qui gagnent.

□ Vous croyez tout sauver ? — Non je suis moins ambitieux : sauver ce qu'on peut sauver. — S'il ne s'agissait que de sauver (et même de tout sauver !), ce serait trop simple, vous perdriez : mais il ne s'agit même pas de cela.

Vous perdez de ne savoir perdre. Mais vous ne gagneriez rien à l'apprendre : car vous chercheriez à perdre pour gagner, et comme vous perdriez réellement, vous auriez encore perdu et vous ne sauriez pas en jouir.

le baillon d'onze heures

Le mot « courage » suscite la défiance. Mais il a au moins un sens que je ne jugerai pas péjoratif, car Dieu n'a pas besoin de courage.

Ce qui répugne dans le lâche, c'est qu'il rougit de sa lâcheté. Il faut beaucoup de courage pour être vraiment lâche.

Ces hors-la-loi ont la nostalgie de la bonne conscience la plus calfeutrée.

Regretter la « vie normale » : aussi consternant que de s'en satisfaire. Aussi nul que de se satisfaire de son insatisfaction. Trêve d'iconeries !

Des cavernes aux casernes, de la tétanisante angoisse à la lourde pétasse, l'homme hume la PEUR avec l'oxygène. Et quand, moderne-adulte-et-libre (sous réserve de craindre la police), il se croit *émancipé*, il halète encore sur le même rhythme de râle et de mort, qu'on appelle d'ailleurs à cause de cela « la morale ».

La morale n'est qu'une parodie.

Donnant au remords plus d'importance réelle qu'à l'action, elle fournit ainsi un vertueux prétexte à la négliger.

Bien plus l'action même, ou du moins ce qu'on devrait y retrouver parfois de liberté, de force, de désintéressement, — n'est que le grossier décalque du Monde d'entre-regards et d'entr'actes qui s'entr'ouvre soudain et s'entr'allume entre les suprêmes complices (ou initiés) quand, se reconnaissant, ils abolissent du même coup d'œil *toute* morale.

▢   Il y a deux sortes d'autres.

Les uns (qui sont les vrais autres) sont les hôtes, les autres (deux fois autres) sont les outres, ceux outre lesquels on passe. Attention ! n'y mettons pas le vin que nous boirons avec nos autres, ces barbares légers qui partagent sur le quai bourbeux, sans y penser, le dernier croûton du Monde.

▢   Dire que l'Ouranien est *en dehors* de l'humanité normale, est-ce tellement le réprouver, comme on croit le faire ? Platon (par la création de ce terme) et les Anciens avec lui, le haussaient *au-dessus*. De leur temps, en effet, on comprenait que la 'oi de l'espèce s'affirme bien assez d'elle-même et n'a pas besoin d'un nimbe *moral*. Le christianisme a tout changé en la rejetant imprudemment dans la fange de la concupiscence : depuis, les droits de la nature ont été l'objet d'une longue revendication dont nous ne sommes pas encore débarrassés et qui a eu pour effet de loger l'instinct sur un piédestal. La résistance à la morale établie s'est donc développée selon un strict respect de l'orthodoxie génésique, et par une agréable commodité, le non-conformisme, retrouvant une ornière vieille comme l'homme, a été à la portée de toutes les bourses. Ainsi l'immoralité officielle a rejoint la moralité officielle dans la condamnation de l'Ouranien : d'où l'espèce de fanatisme baroque qu'on voit fumer dès qu'on se risque sur ces bords. Par un comble de grotesque, les apologistes modernes de l'Ouranien s'imaginent devoir citer des références pri-

ses dans la « nature » et le rattacher à un instinct
dévié ou mal différencié. Qu'auraient dit les Grecs
de cette absurde absolution ? Ils l'auraient méprisée
comme ne convenant qu'à des infirmes, dont Polyclète
ni Praxitèle n'eussent voulu pour modèles et auxquels
leurs contemporains n'eussent même pas prêté attention. Pas plus que Michel-Ange ou Shakespeare.

L'exemple des animaux, voilà tout ce que les
moralistes ont à proposer. Et LEUR chère *dignité
humaine ?* Avec cette maxime, on condamnerait même
LEUR progrès. La nature a pourtant bien besoin d'être
un peu repeignée. Il a fallu — tout ce qu'il y a de plus
légalement — l'enrubanner de colifichets sociologi-
ques, psychologiques, diplomatiques, jésuitiques, sélé-
niques ou même caoutchouctiques, sans lesquels elle
serait trop émétique. Rations de la raison : bonnes
pour les candides ratons et lapins extra-livides, ama-
teurs de règles, sur lesquelles veille la police des
cœurs. A ces conscrits aux vies en fleur, il suffit
d'apercevoir l'entrée de la maternelle caserne d'où ils
sont sortis, pour qu'ils présentent les armes. Banalités alitées. Je ne tiens pas tellement à donner le
dernier mot à cette « nature », qui détient déjà le
dernier mal.

Hors ces désirs en série, mignardises réglemen-
tées, sensibleries à l'eau de Javel, évaporantes va-
peurs et attentes de Tendre en carte, il y a, pour les
curieux et les difficiles, des *au-delà.* Plus virils et
un peu nus. Peut-être moins doux, certainement moins
doucereux. Peu ou plus d'états d'âme. Un attrait qui
n'est plus la glu glandulaire et le tropisme du trou-
peau. Ce grain de cynisme et de rudesse qu'il faut
à la franchise. Cette pointe émoussée d'ivresse qu'il
faut à la liberté. La sottise toujours possible, bien
sûr, mais moins tentante. Surtout, l'égalité.

l'égal et l'ego □ □ □ □ □ □ □ □ □

□ ÇA M'EST ÉGAL (je me mesure avec ça et me juge à égalité).

□ L'inférieur accepte d'être inférieur parce qu'il se croit supérieur ou l'est effectivement par rapport à d'autres. Quand on le traite *d'égal à égal*, il a du plaisir, parce qu'il pense que le supérieur s'abaisse ou qu'il est dupe donc inférieur.

La plupart surtout aiment l'infériorité pour elle-même, par un effet de ce goût profond de l'esclavage, qui est un des sentiments forts de l'humanité et que l'éducation se donne pour tâche de développer sans mesure.

Etre égal est le plus difficile.

□ Celui qui pose le problème des honneurs est un salaud. C'est qu'il désespère de les atteindre ou qu'il cherche comment il les acceptera.

□ Hommes supérieurs ou supérieurs hiérarchiques : je ne crois pas aux supérieurs.

□ L'égalité SEULE.

Beaucoup moins normale que la supériorité : se mettre en face d'un idiot. Et pourtant comme on lui ressemble !

□ □ □ au bazar des rencontres

□ Personne ne m'a jamais donné d'ordres. Si certains ont cru le faire (au régiment), je ne m'en suis jamais aperçu. Je n'ai pas besoin d'avoir un monde *en ordre*.

Je ne me suis jamais donné d'ordre à moi-même.

□ Tout ce que je ferai sera de trop.

□ Accepter la « condition humaine », qu'est-ce que ça veut dire? Accepter, c'est prendre : or c'est nous qui sommes pris. Accepter l'homme, serait-ce donc bien vouloir nous reconnaître dans le miroir ? Oui, c'est bien nous. Et après? Ça n'empêche pas que nous sommes moches.

□ Le hasard et le poète se ressemblent. S'ils sont créateurs, c'est par jeu, et leur jeu de hasard est le seul vrai jeu. Toutefois, et bien qu'il travaille dans le genre sérieux, le prétendu Dieu ne fait pas tellement mieux et « ses » œuvres sont difficilement discernables, de leurs cristallisations fortuites. Le hasard et le poète sont *presque* aussi maladroits que lui. Je dis *presque* parce qu'il 'ui manque tout de même d'être beau joueur : il exige à toute fin qu'on trouve parfait tout ce qu'il fait. Pourtant la maladresse serait la *vraie* marque divine, si ce n'était pas lui qui, selon le non-sens commun, fût Dieu.

□ Jouer sa vie à chaque instant, sur chaque mot, sur chaque pensée (puisqu'il faut penser). Et les yeux fermés. Simple coquetterie d'ailleurs : les dés sont pipés.

le pense-bête sauvage □ □ □ □ □

□   Ne pas être complet.

□   Jonas englouti par le déluge continue à pisser dans la baleine.

□   — Que restait-il donc pour te soutenir ? — C'est ici que je m'aperçus que je n'avais à être soutenu par rien. Pas même par la fierté de n'être soutenu par rien. Je m'évadais même de cet héroïsme.

□   *Jeter la maison par les fenêtres* (Proverbe castillan).

□   Nous n'avons pas le Mot.
    — Mais si, mais si. Et je vais vous le dire. *Ou plutôt ce n'est pas la peine.*
    — ?
    — Eh bien précisément ! C'est ça le Mot.

□   Le Maître-Mot demeure celui de notre ami Bosse-de-Nage, cynocéphale papion.

F I N

INDEX POETIQUE

rouge (-sang) 23.

sacrilège 9.
Sade (marquis de) 56.
sandwich 21 ; 28.
sangsue 14.
savant 17 ; (chien) 47.
schizoïde 16.
schizophrène, 16 ; 19 ; 24.
science 17 ; 18 ; 44 ; 46 ; 49.
secours (prêter) 50.
sens 35.
seins 55.
sépulchre 42.
sérieux 28 ; 30 ; 39 ; 51 ; sérilleux 48.
sexualité (art de la) 56.
Shakespeare 61.
signe 33 ; 35.
silence 26 ; 37.
société 14 ; 37.
sodomie 53.
soleil 30.
solitude 55.
solution 15.
sonnette d'alarme 21.
soupçonner 10 ; 13 ; 25 ; 33 ;
   47.
soupe (bonne) 50.
spectacle (se donner en) 42
stupre 21.
style 34.
sublime 29.
supériorité (complexe de) 16.
supérieurs (les) 62.
surréalistes 40.

temps 42 ; 45.
Tendre (en carte) 61.
texte (LE) 46.
Theuriet (dictée d'André) 52.
Thomas (St) 29.
tigre (mon) 23.
toit 12 ; 43.
tondeurs de chien (mysti-
   que de) 30.
tour 48 ; 49.
trafalzar (tout le) 57.

tragique 39 ; 40 ; 42.
train (le) 21 ; 52.
Travail Manuel 56.
travailleurs (horribles) 39
travaux forcés (à perpétuité)
   24.
tricher 16 ; 18.
trop 63.
truqués 18 ; (poèmes) 40
   (cartes) 49.
tuer 15 ; 52.

ultimatum 40.
uniformes (vieux) 49.
univers 44 ; 45.
usurpe (la mémoire) 15.

Vaché (Jacques) 39.
vénérienne (maladie) 38.
ventre 14 ; 22 ; (hydropiques) 24 ; (déployé) 33.
Verlaine 39.
vice (est là simple et tranquille) 56.
victimes (besoin d'être) 44.
vidange 36 ; 37 ; vidangeur
   37.
vide 12 ; 37.
vie 11 ; 16 ; 24 ; 27 ; 38 ; 47
   49 ; 50 ; 53 ; 59 ; (jouer sa)
   63.
vin 60.
virtù 15.
voisins 13 ; 21.
Voltaire (n'a rien compris)
   41.
vomir 21.
voyages (nostalgie des) 50.
voyeurs 50.
vrai 11, 18.
vue (me dissout dans la) 20

Weltanschauung 18.
X (rayons) 7 ; (idée) 25.
yeux (dans les) 53.
zigzags 27.
zoologiquement 53.

EUPHORISMES de JULIEN TORMA